ANAYA

Don Inventos

Texto:
María Dolores Pérez-Lucas

Ilustraciones:
José Pérez Montero

Diseño:
Narcís Fernández

Dirección de la colección:
Antonio Basanta
Luis Vázquez

ANAYA

Esta es la sorpresa que El duende verde te tenía reservada: un marcapáginas, que podrás utilizar en la lectura de este libro. Recórtalo, siguiendo la línea de puntos.

NOMBRE ....

....

APELLIDOS ....

....

ANAYA

Depósito Legal: M. 16.647 - 1989 - ISBN: 84-207-3217-6 - Printed in Spain
Imprime: Josmar, S. A. - Artesanía, 17 - Polígono Industrial de Coslada (Madrid).

ÍNDICE

Querido lector:

No sé si estarás de acuerdo commigo en que existen ciertas palabras que casan tan requetebien que debían ir siempre juntas. A decir verdad, yo no las concibo separadas.

¿Que de qué palabras se trata...? Pues, por ejemplo, de aire puro; mar azul; nube algodonosa; prado verde; madre amante; convivencia pacífica; Y ¿cómo no?, de lector querido o querido lector, pues ya se sabe que el orden de factores no altera el producto.

¿Quién duda que un lector, como tú, siempre tiene que ser querido por la autora que, en este caso, soy yo?

Ciertamente, a ti y a mí, lector y autora, nos une este libro que ahora tienes en tus manos y que te propones leer. Mira, aunque sólo fuera por eso, por haberlo elegido entre otros muchos, tendría que quererte, ¿no crees?.

Espero que, cuando acabe de leerlo, me correspondas con la misma moneda.

Pero antes de que empieces, quisiera advertirte algo. Y no te ofendas, por favor, que ya sé que esto que voy a decirte no va

contigo, pero tengo que advertirlo de todas formas, por si las moscas.

Verás, ¿cómo andas de imaginación...? Bien, supongo. Porque el caso es que si tu imaginación no funciona como es debido, no tienes nada que hacer aquí. Es más, yo te recomendaría, con harto dolor de mi corazón, que cerrases el libro antes de que Don Inventos se diese cuenta de tu presencia. Para tu gobierno te diré que a él no le gustan ni poco ni mucho nada, los niños que-no-tienen-imaginación.

Si, por el contrario, eres de esos, como yo sé que tú eres, que aceptan como lo más natural del mundo que, en determinadas circunstancias, dos y dos, pongo por caso, no tengan que sumar forzosamente cuatro; o que un burro pueda volar, o..., cualquier otra cosa por el estilo.

Entonces, ¡adelante! Este cuento es para ti.

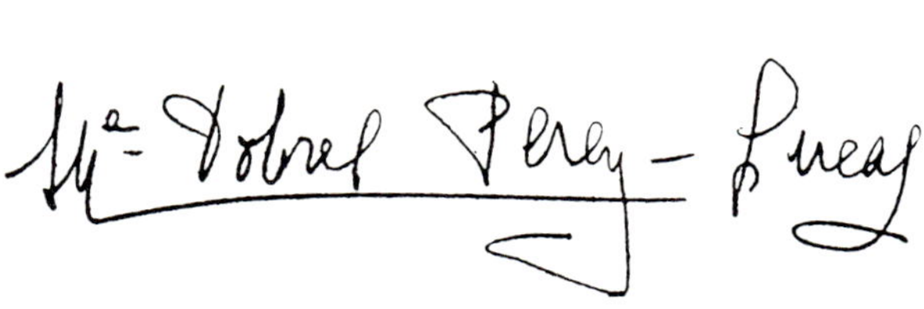

Don Inventos

1
UN INVENTOR GENIAL

ES el tal Don Inventos un sabio, muy requetesabio, que se pasa el día, y gran parte de la noche, inventa que te inventarás las cosas más originales que puedas imaginar. De ahí que sus convecinos le hayan bautizado con el nombre de Don Inventos.

De su aspecto físico poco puedo decirte. Si fuera un sabio cualquiera, resultaría relativamente fácil haceros su retrato. Conque te imagines a uno de esos que llaman sabios distraídos, tan despistados ellos

que confunden un mosquito con un águila real, o el chorrito de un niño haciendo pipí con el caño de una fuente; que se calzan el zapato del pie derecho en el izquierdo, y que salen a la calle con el pijama puesto, sería suficiente. Pero tratándose, como se trata, de Don Inventos el asunto se complica bastante.

Bueno, ¿a qué engañarte? Justo es que os declare de una vez, mi incapacidad para describir su aspecto. ¡Palabra que no podría hacerlo por mucho y mucho que me empeñase!

Y no podría porque da la casualidad de que Don Inventos cambia de cara y de figura a cada instante: un día es alto; al otro, bajo; dos después, flaco, y, a los dos siguientes, regordete.

Mañana más viejo que una docena de abuelos juntos, pasado mañana más niño que un bebé recien nacido, y, al minuto siguiente, joven como un estudiante de COU. Lo cual no deja de ser muy divertido; igual que si todo el año fuese carnaval

y cambiase de disfraz a su antojo.

¿Sabes cómo consigue transformarse así? Pues lo logra gracias a uno de sus más geniales inventos.

Pero vayamos por orden, y antes de que os ponga al corriente de éste y de sus demás inventos, permíteme que te hable de la ciudad donde vive Don Inventos y que se llama *La Ciudad de Todo es Posible.*

2

LA CIUDAD [illegible] TODO ES POSIBLE

SUPONDRÁS, sin que necesite decírtelo, que la ciudad de Don Inventos no es una ciudad corriente y moliente, como las que todos conocemos, sino que se trata, de una ciudad muy, pero que muy particular; tan particular como Don Inventos.

Para que te hagas una pequeña idea, te diré que sus casas están edificadas sobre ruedas; de modo que pueden

Mª Dolores Pérez-Lucas

trasladarse de un sitio a otro en un abrir y cerrar de ojos.

¿Te das cuenta de lo práctico y divertido que puede ser esto? Así nadie tiene por qué aburrirse de estar viendo siempre la fachada de la casa de enfrente. En cuanto se harta, ¡hala!, pone en marcha la casa y no para de darle a las ruedas hasta que la deja colocada en el lugar que se le antoja: en una plaza, junto a un parque o a la orilla del río. Puede elegir el sitio que más les apetezca sin que nadie trate de impedírselo; ya que, en *La Ciudad de Todo es Posible*, ni las calles, ni las plazas, ni los paisajes tienen dueño. Están allí para uso y disfrute del primero que llegue.

3
LAS CALLES

TAMPOCO las calles de *La Ciudad de Todo es Posible* son unas calles corrientes. Se da en ellas una circunstancia poco normal. En lugar de estar asfaltadas, están tapizadas de césped, lo cual les da un aspecto alegre, apetitoso y sano, de pradera o algo por el estilo.

Da gusto ver a los niños corretear por el verde sin miedo a ser atropellados por un coche. Porque otra cosa que no te he contado es que en *La Ciudad de Todo es Posible* las calles

pertenecen, en exclusiva, a los peatones: ya sean abuelos o abuelas, papás o mamás, niños o niñas.

Te preguntarás que, si las calles pertenecen a los peatones, ¿por dónde circulan, entonces, los coches ...?

La respuesta es bien sencilla:

no circulan por ningún sitio, porque no los hay.

Por eso, en *La Ciudad de Todo es Posible,* no existe la más mínima contaminación atmosférica; ni se producen esos odiosos atascos de circulación, que hacen perder la paciencia a cualquiera, y los niños o niñas,

papás o mamás, abuelos o abuelas, pueden pasar de una acera a otra, tranquilamente.

Supongo que te seguirás preguntando que si no hay ni coches ni motos, ¿en qué van los papás al trabajo o de excursión con la familia los días de fiesta?

Pues van en ..., burro. Sí, sí has entendido bien: en burro. Cada vecino de la *Ciudad de Todo es Posible* tiene uno a su disposición para darse un paseíto en él siempre que se le antoje.

¿A que a ti te encantaría poder ir al cole montado en burro, eh? Y más si encima se tratase de unos burros tan especiales como estos.

4

LOS BURROS

NO son como a primera vista pudieran parecer, unos burros como los demás. Cierto que, como ellos, tienen cuatro patas, dos orejas y una cola. Y que, igual que los burros corrientes, rebuznan y dan coces, llegado el caso. Pero existe, sin embargo, una diferencia, ¡y no chica! Y es que, además de trotar, los burros de la *Ciudad de Todo es Posible*... Vuelan!

Pero no pienses que vuelan porque tienen alas. Recuerda que antes te he dicho que,

exteriormente, no se les nota nada extraño. Y, desde luego, de haber tenido alas no me hubiera atrevido a decir tal cosa; pues un burro con alas no es algo que se ve todos los días, ¿verdad?

Los burros de la *Ciudad de Todo es Posible* deben su extraña facultad de elevarse por los aires a un prodigioso elixir, de efectos tan sumamente rápidos, que basta con darles cuatro cucharaditas (una por cada pata), para que, ¡zas!, salgan volando como si de un cohete a propulsión se tratase. Con la particularidad de que el elixir en cuestión, sólo hace efecto si es ingerido por los burros, y sólo por los burros, de la *Ciudad de Todo es Posible.* Las distintas pruebas llevadas a cabo con

otros animales: caballos, yeguas, mulos o mulas, no habían dado ningún resultado. Al parecer, los burros son los únicos que poseen, en su organismo, las condiciones necesarias para que el elixir provoque una reacción positiva.

¿Te imaginas lo excitante y divertido que debe resultar poder pasearse por los aires a lomos de un burro...? Al lado de esto, lo de volar en un avión no tiene ni pizca de gracia: cualquiera puede hacerlo. En cambio, volar en burro sólo les está permitido a

los vecinos de la *Ciudad de Todo es Posible*. ¡Menuda suerte la suya! ¿No te parece?

Esto, como antes te decía, es debido a un prodigioso elixir inventado por Don Inventos.

5
EL ELIXIR VUELA-BURROS

PUES sí, efectivamente la sustancia por la cual pueden volar los burros es uno de los más apasionantes y divertidos hallazgos de Don Inventos.

Había tenido que pasarse horas y horas metido en su laboratorio, mezclando extraños líquidos, hasta conseguir, al fin, encontrar la fórmula apropiada. Con el agravante de que al hacer
¡puuuummmmm
paaaaammmmm
puuuummmm! una de las dichosas mezclas le había

chamuscado las pestañas, las cejas y la mayor parte del cabello, dejándole, lo que se dice, sin un pelo sano.

Pero ¿acaso tenía importancia pelo más o menos, ante lo que suponía que pudiesen volar los burros?

Fabricar después el elixir que tanto trabajo, cavilaciones y sinsabores le había costado, culpable de que su cabeza más que cabeza pareciese una lustrosa y gigantesca bola de billar, no presentó la menor dificultad; fue, para él, algo así como coser y cantar.

Una vez fabricado, procedió Don Inventos a almacenarlo en unos grandes depósitos, a modo de gasolineras, donde los burros (al igual que hacen los coches de las ciudades corrientes con la gasolina), van a buscar su ración de elixir, cuando lo necesitan.

La verdad es que el consumo de elixir es muy reducido. Con cuatro cucharaditas le basta a un burro para elevarse por los aires. Y el efecto dura de dos a tres meses, según se viaje más o menos.

Fíjate qué carburante tan requetebaratísimo: Con un litro de elixir puede darse uno el gustazo de viajar por los aires, a lomos de un burro, cuanto le

venga en gana. Bien visto no tiene ni punto de comparación con la gasolina, que parece que los coches se la beben de tanta como gastan.

Como cada vecino de *La Ciudad de Todo es Posible* dispone de su burro particular. Es frecuente ver a las horas puntas verdaderos tropeles de borriquillos volando de acá para allá con sus dueños a cuestas. ¡La algarabía que se forma a la hora de entrar en clase los niños es indescriptible!

Suelen efectuar el aterrizaje en el patio central del colegio, dándose el caso de que los más impacientes tiran del ronzal antes de tiempo y, al pararse el burro en seco, salen despedidos por las orejas, con el general regocijo de

Colegio

los demás niños que presencian la escena. Otros, en cambio, se sujetaban tanto a la albarda que no había quien les apease.

También los domingos y días de fiesta el tráfico de burros voladores es impresionante, ya que aprovechan las familias y los amigos para irse, montados en ellos, de excursión al campo.

Decididamente, ¡menuda suerte tienen los vecinos de *La Ciudad de Todo es Posible* pudiendo disponer de un burro-volador siempre que se les antoje!

6

LAS CASAS CON RUEDAS Y EL "SPRAY" CRECE-CÉSPED

TAMBIÉN habían salido del caletre de Don Inventos. No cabe duda de que los vecinos de *La Ciudad de Todo es Posible* se sienten mucho más despreocupados, alegres, satisfechos y felices desde que pueden, gracias a sus casas rodantes, cambiar, de cuando en cuando, de panorama.

El "spray" crece-césped es de

gran utilidad. Es suficiente un "fly-flay" para que, al instante, brote hierba hasta de las mismísimas piedras. Cómo será que, con dos "fly-flay", se convierte, en un santiamén, un arenal en una hermosa pradera verde.

Del mismo modo, otro no menos maravilloso "spray", se encarga de sembrar flores a diestro y siniestro: "fly-flay-flu" y surge, aquí, un macizo de petunias; "fly-flay-flu" y brota, allí, una hilera de gladiolos; "fly-flay-flu" y se alza, más allá, una rosaleda multicolor. ¡No veas lo estupendo que es este "spray"! Las flores más bellas del mundo surgen, como por arte de birlibirloque, sólo con poner el dedo sobre el boton y hacer "fly-flay-flu".

No es de extrañar que *La Ciudad de Todo es Posible* esté siempre tan florida, y que ¡huuuummm!, huela tan estupendísimamente bien.

7

EL UNGÜENTO CURA-LO-TODO

EN otro estilo, el ungüento cura-lo-todo es, igualmente, de suma utilidad ¿Que a un niño le duele la garganta...?, pues una frotadita con él y ¡fuera dolor! ¿Que otro se ha dado un atracón de dulce y de resultas de ello siente retortijones en la tripa? Pues frotadita al canto y ¡se acabaron los retortijones!

Las abuelas y abuelos que antes apenas podían moverse de una silla a causa del reuma, se dan ahora, nada más despertarse, una frotadita en las

piernas con el ungüento y ¡hala!, a saltar y brincar como si tuvieran la misma edad que sus nietos.

El ungüento combate, de igual forma, los dolores de cabeza de las mamás, el ardor de estómago de los papás y los picores de la vecina de enfrente.

Vamos, que ni médicos ni medicinas hacen falta en *La Ciudad de Todo es Posible*, desde que Don Inventos descubrió este prodigioso ungüento cura-lo-todo.

Pero con ser este ungüento, junto con las casas rodantes, el elixir vuela-burros y el "spray" crece-césped y siembra-flores unos inventos fenomenales, justo es decir que se quedan chiquitos al compararlos con el mágico aparato que tanto ha influido en la vida de los vecinos de *La Ciudad de Todo es Posible*.

8

El aparato de "ponte en su lugar"

TIENE, tal aparato, idéntica forma y tamaño que una máquina de hacer fotos, y se maneja del mismo modo que ella. Hay, por tanto, que enfocar a la persona elegida, como si se la fuera a retratar y, una vez conseguido un encuadre perfecto, ¡clic!, dar al dispositivo y el resultado es fulminante, como si de una foto al minuto se tratase. Aunque, naturalmente, no se trata de hacer ninguna

foto, sino de algo más complicado. Se trata de que la persona enfocada con el aparato se cambie por la que tiene enfrente, o lo que es lo mismo: que se ponga en su lugar como el mismo nombre indica.

Pero más valdrá, para que lo entiendas mejor, que te cuente qué les ocurrió a Paco-el-mandón y a Juan-el-tímido cuando Don Inventos probó su mágico aparato con ellos.

Era Juan uno de esos niños, (quiza tú conozcas alguno que se le parezca), tan sumamente tímido, apocado y vergonzoso que no se atrevía a decir "esta boca es mía", por miedo a que se rieran de él. A causa de su timidez pasaba, el pobre, unos ratos horribles; pareciendo, además, que era un antipático de tomo y lomo cuando, en realidad, de antipático no tenía nada.

Figurate a qué extremos no llegaría su timidez, que se pasaba todo el tiempo que duraba el

recreo metido en un rincón, triste y solo, pues los otros niños, capitaneados por Paco, le hacían el vacío más absoluto, no permitiéndole participar en sus juegos.

Pero aquello, con ser mucho, no era lo peor. Lo peor era cuando Paco, no contento con ignorarle, le gastaba bromas pesadas delante de los de la pandilla. Tendrías que haber visto a Juan, en alguna de estas ocasiones, rojo hasta las orejas y

apretando bien los ojos, para impedir que las lágrimas corriesen por sus mejillas, pues de ningún modo podía permitirse el lujo de llorar delante de Paco y de los otros. Eso era lo que ellos esperaban para burlarse, aún más, de él.

Cierto día llegó a oídos de Don Inventos lo que estaba ocurriendo y, como acababa de inventar "el aparato de ponte en su lugar", decidió que había llegado la ocasión de probar sus efectos.

9
LA PRUEBA

SE dirigió, para ello, Don Inventos al colegio de Juan y Paco.

Era la hora del recreo y, a pesar de estar el patio lleno de niños, no le resultó difícil localizar a Paco. Estaba en medio de todos mangoneando a unos y otros, como tenía por costumbre. Al parecer, acababa de ocurrírsele un juego. Tal jueguecito consistía en emprender la busca y captura de Juan para, una vez encontrado, tirarle de las narices. El primero

que lo consiguiese sería el ganador, otorgándosele el título de tira-narices-mayor de la pandilla.

A la voz de ¡ahora! salieron todos corriendo, entre risas y gritos y, naturalmente, fue Paco quien se alzó con la victoria.

Cuando Juan le vio plantado delante de él, en lugar de salir huyendo se puso a temblar, sin ser capaz de moverse del sitio por más esfuerzos que hizo. Hubiera dado cualquier cosa por estar a cien kilómetros de aquel lugar; pues bastaba ver la expresión burlona de la cara de Paco, como diciendo: "¡ahora verás la que te espera!", para darse cuenta de sus malévolas intenciones.

Pero ¡ah! no contaba éste con que allí estaba Don Inventos, dispuesto a echarle una manita a Juan.

Y sucedió que, cuando Paco iba a alargar su mano con el insano proposito de propinarle un buen tiron de narices, Don

Inventos le enfocó con el aparato de "ponte en su lugar" y, una vez que lo tuvo debidamente encuadrado, ¡clic!, apretó el dispositivo, y los efluvios mágicos entraron en acción. Y por obra y gracia de ellos, Paco-el-mandón pasó a ocupar el lugar de Juan-el-tímido. De suerte que aquel se puso a temblar como temblaba éste, a la espera de que los niños

de la pandilla, a los que un minuto antes capitaneaba, le sometiesen a la humillación (reservada por capricho suyo para Juan), de tirarle de las narices, al tiempo que le converitían en sujeto de sus burlas.

Puedes imaginarte lo rematadamente mal que lo pasó, comprendiendo por propia

experiencia los amargos ratos que le hacía pasar a Juan con sus bromas pesadas. Y allí mismo hizo el firmísimo propósito de no volver a gastárselas nunca jamás.

A la vista de su arrepentimiento, Don Inventos se frotó las manos satisfecho y dio por terminada la prueba. No sin antes lanzar unos cuantos efluvios de su aparato mágico sobre el resto de los componentes de la pandilla. ¡Tampoco les vendría mal a ellos ponerse un ratito en el lugar de Juan, para que supieran lo que dolía que se burlasen de uno sin venir a cuento!

10

MUY ÚTIL Y SALUDABLE

HABIDA cuenta de los prodigiosos efectos obrados por el aparato de "ponte en su lugar" sobre Paco (que desde que recibió sus efluvios maravillosos había dejado de ser Paco-el-mandón, para convertirse en Paco-amigo-de-todos), los vecinos de la *Ciudad de Todo es Posible* lo distinguieron con el apelativo de "muy útil y saludable", declarándolo de utilidad pública, considerados los servicios que prestaba en bien de una más armoniosa y equilibrada

convivencia. Desde aquel momento, grandes y chicos pasaban por el aparato, de vez en cuando, para someterse a una cura instantánea.

Así, tras recibir los efluvios mágicos del aparato, el simpático se ponía en el lugar del que caía, sin saber por qué, mal a los demás; el alto en el del que tenía

complejo de bajito; el guapo en el del feucho; el listo en el del que no lograba salir del pelotón de los torpes... De forma que, por unos instantes, el simpático, el alto, el guapo y el listo, supiera lo que era caer mal, ser bajito, feo o torpote. ¿Podía haber un invento más genial que aquel aparato de "ponte en su lugar".

Según me ha contado alguien que lo sabe de muy buena tinta, desde que se extendió su uso entre los vecinos de *La Ciudad de Todo es Posible* las cosas marchan sobre ruedas, como sus casas. A la par que reina una gran armonía, amistad y compañerismo en las relaciones de unos y otros.

También me han asegurado que Don Inventos está dispuesto a ceder la fórmula de su mágico invento, para que sea fabricado a gran escala y distribuido hasta el rincón más apartado del globo terrestre. Intenta con ello, acabar con las peleas y las guerras para siempre.

El asunto puede dar excelentes resultados, no hay duda. Pues si

los de un bando, al recibir los efluvios mágicos del aparato, se ponen en el lugar de los del bando contrario, viendo, por tanto, las cosas bajo el prisma que los otros las ven, ¿cómo van a ser capaces, luego, de liarse a puñetazos o a tiros entre sí?

Bien mirado no deja de ser un buen pacifista el aparato en cuestión, ¿no crees?

11
¡HASTA PRONTO!

BUENO, amigo me parece que ha llegado el momento de decirte adiós, o más bien, ¡hasta pronto! Pues, tal vez, vuelva en otra ocasión a contarte más cosas sobre Don Inventos y sus geniales inventos.

Ya se que te gustaría que te diera las señas de la *Ciudad de Todo es Posible*, pues después de lo que te he contando te han entrado unas ganas rabiosas de visitarla para poder conocer personalmente al fantástico Don Inventos y ver con tus propios

INVENTOS
DE
DON INVENTOS

ojos todas las prodigiosas cosas inventadas por él.

¡Ojalá pudiera darte las señas de tan impresionante ciudad! Pero quién sabe dónde estará ahora... ¿Acaso no recuerdas que sus casas están edificadas sobre ruedas para poder cambiar de panorama y no aburrirse de estar contemplando siempre el mismo?

Lo cual hace que, de momento, me sea imposible complacerte. Es más, puedes creerme si te digo que te hubiera acompañado, con sumo placer, en tu visita; para así ponerme al día de los últimos inventos llevados a cabo por Don Idem; y poder montar en los burros-voladores; y corretear por las calles alfombradas de césped, sin

miedo a terminar debajo de las ruedas de un coche; y oler el aroma de las flores que el spray siembra-flores va plantando aquí y allá; y darme una frotadita con el ungüento cura-lo-todo en una herida de la rodilla que me hice el otro día al caerme.

Qué a gusto se debe vivir en una ciudad como ésta, donde no hay ruidos ni contaminación de ningún género y donde, sobre todo, se dispone de un aparato como el de "ponte en su lugar", gracias al cual reina entre sus vecinos una paz, un compañerismo, una amistad y una comprensión que la convierten en un autentico paraíso.

Mira, se me ocurre que quizá, algún día, te sea dado

descubrir ese paraíso sin necesidad de que ni yo, ni nadie, te dé sus señas. Porque, si mal no recuerdo, tienes imaginación para dar y tomar, ¿no es eso?

Entonces, lo único que debes hacer es darle rienda suelta, dejándote llevar por ella. Seguro que, de este modo, no te resultará difícil hallar vuestra particular *Ciudad de Todo es*

Posible, con Don Inventos incluido. Te aseguro que no hay mejor guía que la imaginación para conducirte hasta sus puertas.

Así que, ¡suerte, amigo! ...Y ya sabes: ¡A imaginar tocan!

TÍTULOS PUBLICADOS

1. *A bordo de la Gaviota.* Fernando Alonso.
2. *El hijo del jardinero.* Juan Farias
3. *Oposiciones a bruja y otros cuentos.* José Antonio del Cañizo.
4. *Montes, pájaros y amigos.* Montserrat del Amo.
5. *Cuatro o tres manzanas verdes.* Carmen Vázquez-Vigo.
6. *El largo verano de Eugenia Mestre.* Pilar Molina Llorente.
7. *El Mago de Esmirna.* Joan Manuel Gisbert.
8. *Mi tío Teo.* Pilar Mateos.
9. *El árbol de los pájaros sin vuelo.* Concha López Narváez.
10. *El soñador.* Joles Sennell.
11. *El faro del viento.* Fernando Alonso.
12. *La leyenda de Boni Martín.* José Luis Olaizola.
13. *Nadie habrá estado allí.* Ángela C. Ionescu.
14. *Unos zuecos para mí.* Carmen Pérez-Avello.
15. *Adiós, Josefina.* José María Sánchez-Silva.
16. *Operación Pata de Oso.* María Puncel.
17. *Historia de una receta.* Carles Cano.

18. *¡¡¡Lambertooo!!!* Jordi Sierra i Fabra.

19. *Mi hermana Gabriela.* José Luis Olaizola.

20. *El secreto de Gabriela.* José Luis Olaizola.

21. *El tesoro de las mariposas.* Mª. Antonia García Quesada.

22. *Romaníes.* Marta Osorio.

23. *Luna en la frente.* Joaquín Aguirre Bellver.

24. *La Cuesta de los galgos.* Juan Farias.

25. *En Viriviví.* Consuelo Armijo.

26. *Lope y su amigo indio.* Juan Ignacio Herrera.

27. *Alejandro no se ríe.* Alfredo Gómez Cerdá.

28. *El robo del caballo de madera.* Joaquín Aguirre Bellver.

29. *La nave fantástica.* Jordi Sierra i Fabra.

30. *Mi amigo Fernández.* Fernando Lalana/José Mª. Almárcegui.

31. *Don Inventos.* María Dolores Pérez-Lucas.